dtv

»Einst waren wir alle im glücklichen Garten«, heißt es bei Peter Huchel. Der Wunsch, sich sein eigenes Paradies auf Erden zu erschaffen, und das Heimweh nach dem verlorenen Garten Eden sind so alt wie die Menschheit selbst. 77 Dichter vom Barock bis zur Gegenwart führen in diesem Bändchen durch den Garten der Poesie und erzählen im Spiegel der vier Jahreszeiten eine kleine irdische Schöpfungsgeschichte.

Anton G. Leitner ist Verleger, Lyriker und Publizist in Weßling bei München. 1992 gründete er die Zeitschrift »Das Gedicht«, die er bis heute ediert. Er wurde mit vielen Preisen ausgezeichnet. *Gabriele Trinckler* lebt als Lyrikerin und Verlagsangestellte in München. Sie ist Redakteurin der Zeitschrift »Das Gedicht«.

Der Garten der Poesie

Gedichte

Herausgegeben von
Anton G. Leitner und
Gabriele Trinckler

Deutscher Taschenbuch Verlag

Von Anton G. Leitner
sind im Deutschen Taschenbuch Verlag
in der *Reihe Hanser* erschienen:
Heiß auf Dich (62088)
SMS-Lyrik (62124)
Himmelhoch jauchzend – zu Tode betrübt (62186)
Zum Teufel, wo geht's in den Himmel? (62228)

Originalausgabe
März 2006
Deutscher Taschenbuch Verlag GmbH & Co. KG,
München
www.dtv.de

Umschlagkonzept: Balk & Brumshagen
Gesetzt aus der Bembo 10/12· (3B2)
Gesamtherstellung: Druckerei C. H. Beck, Nördlingen
Gedruckt auf säurefreiem, chlorfrei gebleichtem Papier
Printed in Germany
ISBN-13: 978-3-423-20877-2
ISBN-10: 3-423-20877-5

Inhalt

I.

EINGANG

Einst waren wir alle im glücklichen Garten
Peter Huchel

Ulla Hahn
* 1946

Türkenmohn

Schlage die Trommel. Komm in den Garten.
Ich werde dich lehren die Trommel zu schlagen.
Ich löste vom Himmel das Rot und den Schrei.
Seither ist es da oben blau für immer und still.
Schlage die Trommel. Komm in den Garten.
Dein Blut klopft. Fürchte dich nicht.

Hugo von Hofmannsthal
1874–1929

Mein Garten

Schön ist mein Garten mit den goldnen Bäumen,
Den Blättern, die mit Silbersäuseln zittern,
Dem Diamantentau, den Wappengittern,
Dem Klang des Gong, bei dem die Löwen träumen,
Die ehernen, und den Topasmäandern
Und der Volière, wo die Reiher blinken,
Die niemals aus dem Silberbrunnen trinken ...
So schön, ich sehn mich kaum nach jenem andern,
Dem andern Garten, wo ich früher war.
Ich weiß nicht wo ... Ich rieche nur den Tau,
Den Tau, der früh an meinen Haaren hing,
Den Duft der Erde weiß ich, feucht und lau,
Wenn ich die weichen Beeren suchen ging ...
In jenem Garten, wo ich früher war ...

Friedrich Rückert
1788–1866

Niemals

Niemals anders sah ich dich erwachen
Als mit einem heitern Lachen,
Gleich als ob vom Paradiesesbaume
Blüten du gepflückt im Traume.

Und so hoff' ich, daß mit heiterm Lachen
Du auch jetzo wirst erwachen
Droben von des Lebens kurzem Traume
Unterm Paradiesesbaume.

Else Lasker-Schüler
1869–1945

Wir beide

Der Abend weht Sehnen aus Blütensüße,
Und auf den Bergen brennt wie Silberdiamant der Reif,
Und Engelköpfchen gucken überm Himmelstreif,
Und wir beide sind im Paradiese.

Und uns gehört das ganze bunte Leben,
Das blaue große Bilderbuch mit Sternen!
Mit Wolkentieren, die sich jagen in den Fernen
Und hei! die Kreiselwinde, die uns drehn und heben!

Der liebe Gott träumt seinen Kindertraum
Vom Paradies – von seinen zwei Gespielen,
Und große Blumen sehn uns an von Dornenstielen ...
Die düstre Erde hing noch grün am Baum.

Ludwig Steinherr
* 1962

Vertreibung

Als er den Apfel nahm
berührte er zugleich
ihre Hand

wußte er nicht
was er nahm
Apfel oder Hand

fühlte er wie ihm
im Augenblick
der Verwechslung
beides entglitt

begriff er
daß von nun an
in jeder Berührung
Verwechslung wäre

Gotthold Ephraim Lessing
1729–1781

Das Paradies

Sein Glück für einen Apfel geben
O Adam, welche Lüsternheit!
Statt deiner hätt' ich sollen leben,
So wär' das Paradies noch heut. –

Wie aber, wenn alsdann die Traube
Die Probefrucht gewesen wär'?
Wie da, mein Freund? – Ei nun, ich glaube –
Das Paradies wär' auch nicht mehr.

Annette von Droste-Hülshoff
1797–1848

Das verlorene Paradies

Als noch das Paradies erschlossen war
Dem ersten sündelosen Menschenpaar,
Kein Gift die Viper kannte, keinen Dorn
Der Strauch, der Leu und Tiger keinen Zorn,
Noch fröhlich scholl der Nachtigallen Flöte;
Da schlief an jedem Abend Eva ein
An einem Rosenstrauche, und der Schein
Von ihrer unschuldsvollen Wangenröte
Spielt' lieblich um der Blume lichten Ball;
Denn damals waren weiß die Rosen all
Und dornenlos. – Umnickt vom duft'gen Kranz,
Der überm Haupte führte lichten Tanz,
Ruhte das erste Weib, Gedanken sinnend,
Die, Embryone, schon der Gottheit Siegel
Am Haupte trugen, schon im Keime minnend
Bewegten halberschloßne Seraphsflügel;
Sie lag, den Zweig an ihre Brust gedrückt,
Denn keine Blume wurde noch gepflückt,
Bis leise sich die Wimper niederließ
Und in die Träume schlich das Paradies;

O heilig war das Weib; wer sie gesehn,
Nicht denken hätt er können, ob sie schön,
Nur daß sie rein wie Tau und Gottes Spiegel.
Die Ros auch lächelt selig, doch wie lange?
Hüte dich vor der Schlange! –

Am grauen Horizonte murrend stand
Der ersten Donnerwolke düstrer Rand,
Am Rosenstrauche fiel die erste Träne,
Und drüben weint' der Nachtigall Gestöhne.
Wär dies das Bild von gestern, dieser Leib
Verhüllt in Blätterschutz? Ein arges Weib!
Das Auge kündend ein verbotnes Wissen!
Wie scheint so heiß und hart des Mooses Kissen,
Wie dunsterfüllt des Paradieses Prangen,
Und wie so seltsam brennen ihre Wangen!
Fest hielt den vollen Rosenzweig sie, fest,
Wie der Versinkende die Binse preßt,
Oder sein Lieb ein glüh Verlangen.
Ob sie entschlief? – Wohl endlich hat die Nacht
Ihr Ruhe, bleiernschweren Schlaf gebracht;
Der Regenguß, er hat sie nicht erweckt,
Des Donners Rollen sie nicht aufgeschreckt,

Ihr Haar nur flatterte im Windestosen,
Und ihr am Busen zitterten die Rosen;
Wie eine Leiche lag sie schmerzlich mild,
Zum erstenmal im Schlaf des Todes Bild;
Und als am Morgen sie die Wimper hob
Und zuckend von der Brust die Zweige schob,
Da war all ihrer Wangen lichter Schein
Gezogen in der Blumen Rund hinein,
In glüher Sehnsucht alle aufgegangen,
Zum Kusse öffnend all den üpp'gen Mund;
Und Eva kniete weinend, ihre Wangen
Entfärbt und ihre Brust von Dornen wund.

Arno Holz
1863–1929

Hinter hohen Mauern

Hinter hohen Mauern
hinter mir
liegt ein Paradies.

Grüne, glitzernde Stachelbeersträucher,
eine Strohbude
und Bäume mit Glaskirschen.

Niemand weiss von ihm.

An einem Halm
klettert ein Marienkäferchen,
plumps, und fällt in goldgelbe Butterblumen.

Hilfreich neigen sich Tausendschönchen,
Stiefmütterchen machen ein böses Gesicht.

Verschollen
glänzen die Beete!

Peter Huchel
1903–1981

Der glückliche Garten

Einst waren wir alle im glücklichen Garten,
ich weiß nicht mehr, vor welchem Haus,
wo wir die kindliche Stimme sparten
für Gras und Amsel, Kamille und Strauß.

Da saßen wir abends auf einer Schwelle,
ich weiß nicht mehr, vor welchem Tor,
und sahn wie im Mond die mondweißen Felle
der Katzen und Hunde traten hervor.

Wir riefen sie alle damals beim Namen,
ich weiß nicht mehr, wie ich sie rief.
Und wenn dann die Mägde uns holen kamen,
umfing uns das Tuch, in dem man gleich schlief.

II.

Vom Spriessen und Blühen

In grünem Knospenschuh
Theodor Fontane

Friedrich Hebbel
1813–1863

Vorfrühling

Wie die Knospe hütend,
Daß sie nicht Blume werde,
Liegt's so dumpf und brütend
Über der drängenden Erde.

Wolkenmassen ballten
Sich der Sonne entgegen,
Doch durch tausend Spalten
Dringt der befruchtende Segen.

Glühnde Düfte ringeln
In die Höhe sich munter.
Flüchtig grüßend, züngeln
Streifende Lichter herunter.

Daß nun, still erfrischend,
Eins zum andern sich finde,
Rühren, alles mischend,
Sich lebendige Winde.

Theodor Fontane
1819–1898

Frühling

Nun ist er endlich kommen doch
In grünem Knospenschuh;
»Er kam, er kam ja immer noch«,
Die Bäume nicken sich's zu.

Sie konnten ihn all erwarten kaum,
Nun treiben sie Schuß auf Schuß;
Im Garten der alte Apfelbaum,
Er sträubt sich, aber er muß.

Wohl zögert auch das alte Herz
Und atmet noch nicht frei,
Es bangt und sorgt: »Es ist erst März
Und März ist noch nicht Mai.«

O schüttle ab den schweren Traum
Und die lange Winterruh:
Es wagt es der alte Apfelbaum,
Herze, wag's auch *du*.

Heinrich Heine
1797–1856

Unterm weissen Baume sitzend

Unterm weißen Baume sitzend,
Hörst du fern die Winde schrillen,
Siehst, wie oben stumme Wolken
Sich in Nebeldecken hüllen;

Siehst, wie unten ausgestorben
Wald und Flur, wie kahl geschoren; –
Um dich Winter, in dir Winter,
Und dein Herz ist eingefroren.

Plötzlich fallen auf dich nieder
Weiße Flocken, und verdrossen
Meinst du schon, mit Schneegestöber
Hab der Baum dich übergossen.

Doch es ist kein Schneegestöber,
Merkst es bald mit freudgem Schrecken;
Duftge Frühlingsblüten sind es,
Die dich necken und bedecken.

Welch ein schauersüßer Zauber!
Winter wandelt sich in Maie,
Schnee verwandelt sich in Blüten,
Und dein Herz es liebt aufs neue.

Johannes Kühn
* 1934

Märzgarten

Der Kirschbaum zeigt ein prunkendes Gelock aus Blüten,
das mich verdammen läßt die Blindheit,
die verhindert, es zu sehn
aus braunen Knospen: Schnee, der duftet.

Und Tannen geb ich keinen Blick im Sommer,
doch ihm, der dann so rot im Garten
mir Junipracht mit reifen Kirschen in die Augen hält.

Ich geh um ihn herum
und tret bewundernd einen Pfad
gut fest in Lehm und Gras,
so daß er bis zum Sommer dauert,
wenn ich komme,
bei hohem Sonnengipfel dann
der Himmel,
gleichso erfreut wie jetzt und mehr noch,
da ihn nur Märzhauch wärmt.

Ernst Stadler
1883–1914

Frühlingsnacht

Die Kirschbaumblüten im lichtdurchschwemmten Garten
Sind wie Kandelaber von Millionen Kerzen,
Die das Vollmondfeuer angesteckt. Die zarten Kissen
Grüngesprengten Rasens zwischen Krokusbeeten
Sind besteckt mit weißen Perlensäumen,
Und die kühle spiegelhelle Luft
Ist ein feiner Schleier von gewebtem Silber,
Den die Lenznacht heimlich glühend um die
Weiße warme Nacktheit ihrer Glieder hängt.

Theodor Däubler
1876–1934

Der Garten

Ich sah meine Heimat durch blühende Ranken,
Durch schneeweiße Kirschbäume leuchtet das Heim.
Der Flieder verinnigt uns Frühlingsgedanken;
Narzissen am Nesterrain lächeln geheim.

Der Morgen verjünglingt den Nachtigallweiher.
Ich liebe die glühenden Lauben im Tau.
Die Rosen entflammen zersilberndem Schleier,
Erblaut ist die Wonne, voll Sonne die Au.

Die Mandeln erblühen wie kindliche Wangen,
Erst schüchtern, verlegen, oft wundervoll rot.
Die Äste mit nassen Glyzinien behangen,
Beträumen ein Taudiamantangebot.

Es lacht unsre Heimat im Glitzern der Wicke:
Sie weckt aller Wesen umrätselten Tod.
Sie nickt aus der Nelke beseligtem Blicke:
Die Heimat umblaut sich für Sonnengeschicke.

Catharina Regina von Greiffenberg
1633–1694

GOtt-lobende Frühlings-Lust.

FRühling / Fürst der Jahres-Zeiten /
allerschönster Sonnen-Sohn /
Rosen-Vatter / komm herzu! schau /
die neubekleidten Wiesen
prangen in der Hoffnungs-Farb:
Ach erhebe nächst bey diesen
die Grün-weissen Lauberhütten /
deinen Blühgestickten Thron.
Aus den bundten Tulipanen /
mach die glänzend Lenzen-Kron.
Ach daß die verliebten West
von sich Blumen-Biesem bliesen!
Billich / vor dem Steinern Pracht /
Gärten-Schmelzwerk wird gepriesen /
komme / Frühling / frölichs Wesen!
dir rufft schon mein willkomms-Thon.
Mein' in Ruh verliebte Sinnen /
wünschen keinen Hoheit-Schein /
als der Sonnen Klarheits-Glanz /
seyn in und mit sich vergnüget.
In der Rosen Purpur-Tracht /
all ihr Pracht und Hoffart liget.

Bässer ist/als Welt-beherrschen/
Tugend ihr Leibeigne seyn
Sorgen frey und Freyheit voll
seyn die frischen Kränz der Erden/
hegen süsse Tugend-Ruh: Güldne Regen/
Angst-Beschwerden.

Sophie Mereau
1770–1806

Das Kind.

Duftende Blüthen aus freundlicher Höh'
säuseln hernieder wie glänzender Schnee;
sieh, wie die Schwalbe mit silberner Brust
fliegt an dem Teiche voll spielender Lust!

Schon sind am Wege die Büsche belaubt,
Vögelchen singen, es summt mir ums Haupt
freundlich der Käfer, und dort durch das Grün
rauschte die bunte Libelle dahin.

Welche Gerüche! woher? O, gewiß
find' ich Violen; sie düften so süß!
Sieh, wie sie blühen! Geschwind, o! geschwind
Kränze, bekränze das fröhliche Kind!

Heinrich Seidel
1842–1906

Grashüpfer sitzt im hohen Gras …

Grashüpfer sitzt im hohen Gras
Und zirpt und zirpt und denkt sich was
Und denkt: »Wie sing' ich doch so schön!«
Mistkäfer fliegt mit viel Getön
Vergnüglich um den Mist herum –
Freut sich über sein schönes Gebrumm.
Sitzt auch ein Frosch im kühlen Rohr;
Dem kommt sein Quack recht fürnehm vor.
Ein jeder denkt in seinem Sinn:
»Was für ein künstlich Vieh ich bin!«
Spottet wohl gar des Andren Gesang –
Das ist so ganz der natürliche Gang.

Arno Holz
1863–1929

Mählich durchbrechende Sonne

Schönes,
grünes, weiches
Gras.

Drin
liege ich.

Inmitten goldgelber
Butterblumen!

Über mir . . . warm . . . der Himmel:

Ein
weites, schütteres,
lichtwühlig, lichtblendig, lichtwogig
zitterndes
Weiß,
das mir die
Augen
langsam . . . ganz . . . langsam
schließt.

Wehende . . . Luft . . . kaum merklich
ein Duft, ein
zartes . . . Summen.

Nun
bin ich fern
von jeder Welt,
ein sanftes Rot erfüllt mich ganz,
und
deutlich . . . spüre ich . . . wie die
Sonne
mir durchs Blut
rinnt.

Minutenlang.

Versunken
alles . . . Nur noch
ich.

Selig!

Richard Dehmel
1863–1920

Pustemuhme

Krause, krause Muhme,
alte Butterblume,
Pusterchen, nanu?
wo hast du denn dein Hütchen,
dein gelbes Federklütchen,
worauf wartest du?
Warte aufs Kindchen,
auf ein lieb Mündchen,
ich alte griese
Trauerliese,
puh, puh, puh;
ach bitte, pust mich doch
rasch in den Himmel hoch,
tausend kleine Nackedeis
spielen da im Gras,
tausend kleine Nackedeis
lachen sich da was!

Eduard Mörike
1804–1875

Das Mädchen an den Mai

Es ist doch im April fürwahr
Der Frühling weder halb noch gar;
Komm, Rosenbringer, süßer Mai,
Komm du herbei,
So weiß ich, was der Frühling sei!

– Wie aber? soll die erste Gartenpracht,
Narzissen, Primeln, Hyazinthen,
Die kaum die hellen Augen aufgemacht,
Schon welken und verschwinden?
Und mit euch besonders, holde Veilchen,
Wär es dann fürs ganze Jahr vorbei?
Lieber, lieber Mai,
Ach, so warte noch ein kleines Weilchen!

Ulrike Draesner
* 1962

PFEIFEN

vielbeinig durchs gras äste
mittags triefen schwarz
doch birnbaumschaum und
mittenrein der lilie tiger wie er
springt stäubt schnurrt: er singt
ja so am hellen halm der zwischen
daumen liegt gespannt und wie
er schwingt: du kannst es noch!, der
locke ruf, der schrille pfiff,
zitternd in der hand der halm
beleckt und scharf, mit 5
gelernt - - - - - - - - - und diese hand
sie war schon da! es streift dich sirr
wie irr die zeit, es streift ein zittern
dich sekundenlang: des knochens
und des fleischs gesang

Heinrich Heine
1797–1856

Es hat die warme Frühlingsnacht

Es hat die warme Frühlingsnacht
Die Blumen hervorgetrieben,
Und nimmt mein Herz sich nicht in Acht,
So wird es sich wieder verlieben.

Doch welche von den Blumen alln
Wird mir das Herz umgarnen?
Es wollen die singenden Nachtigalln
Mich vor der Lilje warnen.

Max Dauthendey
1867–1918

Die Amseln haben Sonne getrunken

Die Amseln haben Sonne getrunken,
Aus allen Gärten strahlen die Lieder,
In allen Herzen nisten die Amseln,
Und alle Herzen werden zu Gärten
Und blühen wieder.

Nun wachsen der Erde die großen Flügel,
Und allen Träumen neues Gefieder,
Alle Menschen werden wie Vögel
Und bauen Nester im Blauen.

Nun sprechen die Bäume in grünem Gedränge,
Und rauschen Gesänge zur hohen Sonne,
In allen Seelen badet die Sonne,
Alle Wasser stehen in Flammen,
Frühling bringt Wasser und Feuer
Liebend zusammen.

Ernst Jandl
1925–2000

VON BANK IN BELVEDERE

steht da in gras ein amsel
da nähern sich das amselbock
von sankt elisabeth das clock
irgendwann machen gong gong

dies rühren nicht das amselpaar
besser zu sagen das amselzwei
denn zwischen ihnen das distanz
schon überwunden noch nicht sei

sie zweifellos ihn merken
und das amselbock ebenso sie
und er ein paar schritten jetzt machen
und sehr gespannt sein das sein sie

dann er machen den fortflug hops
haben gesehen von das amsel genug
und ich zu amselbock sagen brav mann
du haben wie ich es hätten getan

denn ein nähern sein ein sich ängsten
doch ein fliehen ein sich ermutigen sei
so ich hassen den längsten lebensteil mein
und den blutigen sonnenschein ich fliehen

Joachim Ringelnatz
1883–1934

Das Samenkorn

Ein Samenkorn lag auf dem Rücken,
Die Amsel wollte es zerpicken.

Aus Mitleid hat sie es verschont
Und wurde dafür reich belohnt.

Das Korn, das auf der Erde lag,
Das wuchs und wuchs von Tag zu Tag.

Jetzt ist es schon ein hoher Baum
Und trägt ein Nest aus weichem Flaum.

Die Amsel hat das Nest erbaut;
Dort sitzt sie nun und zwitschert laut.

Kurt Schwitters
1887–1948

Obervogelsang

Ii
Üü
Aa
  P'gikk
  P'p'gikk
Bekke Dii kee
P'p'bampédii gaal
  Ii Üü Oo Aa
Brr
Brekke Dii Kekke
Ii Uü Oo ii Aa
Nz' dott – Nz' dott
Doll
  Ee
P'gikk
Lempe Dii Krr
      Gaal
Brii Nüü Aau
    Ba Braa

Erna Holleis
★ 1970

Ich hatte

Einen Garten samt
Heulüftchen

Kind ward Kalb durfte
einen Vogel frei

Hände voll Bibernell
Kranewitt und

Zitronen falten im
Sträußerlmeer

Ludwig Uhland
1787–1862

Nähe.

Ich tret' in deinen Garten;
Wo, Süße, weilst du heut?
Nur Schmetterlinge flattern
Durch diese Einsamkeit.

Doch wie in bunter Fülle
Hier deine Beete stehn!
Und mit den Blumendüften
Die Weste mich umwehn!

Ich fühle dich mir nahe,
Die Einsamkeit belebt;
Wie über seinen Welten
Der Unsichtbare schwebt.

Christian Hofmann von Hofmannswaldau
1616–1679

An Flavien. Über einen auf ihrer brust steckenden Hyacinthen-strauss.

Du wilst die weisse brust zu einem garten machen/
Dir trägt das gute land schon Hyacinthen ein.
Doch sol die fruchtbarkeit dein Eden stets bewachen;
So laß/o Flavia/mich deinen gärtner seyn.
Ich will dir treu und fleiß mit hand und mund versprechen/
Nimm meine küsse nur statt thau und regens an.
Und wird dein gärtner gleich zuweilen blumen brechen/
So dencke/daß er dir auch blumen pflantzen kan.

III.

Vom Reifen und Ernten

Früchtchen gören / überall
Nikolaus Dominik

Gottfried Keller
1819–1890

Himmelsleiter

Müde saß ich in der Dämmerung
Von des Tages Lärm und Staube,
Eingelullt von Abendsäuseln,
Schlummernd in der Rebenlaube;
Da begann von Licht und Blumen
Gar ein seltsam schimmernd Weben
Und ein Spielen vor den Augen
Gleich dem Ranken goldner Reben.

Rote Rosen, weiße Rosen,
Primeln, Tulpen und Narzissen,
Sterne, Kelche hundertfarbig
Sah ich durcheinander sprießen.
Purpur, Gold, Azur und Silber
Flimmerten in Wechseltönen,
Lila, Rosa, zartes Laubgrün
Mußten Glanz mit Glanz versöhnen.

O das war ein schöner Reigen,
Wie die Farben all ihn tanzten,
Wie die Blütenstern' und Glocken
Kreisend sich in Beete pflanzten!

Aber in den Wundergarten
Senkte eine Jakobsleiter
Von zwei Strahlen sanft sich nieder
Aus zwei Sternen bläulich heiter!

Kleine blonde Liebesengel
Schwebten daran auf und nieder,
Stiegen in den blauen Himmel,
Kehrten in mein Herze wieder,
Weckten andre Engelknaben,
Welche träumend drinnen schliefen
Und darauf mit jenen spielend,
Kosend durch die Blumen liefen.

Und die aus dem Himmel kamen,
Wollten meines Herzens Kinder
Ringend mit sich aufwärts ziehen;
Aber diese auch nicht minder
Hielten stand und kämpften wacker,
Bis sie jene bald umschlangen,
Hielten sie in meines Herzens
Beiden Kämmerlein gefangen.

Oben auf der Himmelsleiter
Eine klare Seele schwebte,
Die halb scheltend, halb mit Lächeln
Sie zurückzulocken strebte;
Doch es schien mir im Gefängnis
Ihnen leidlich zu gefallen,
Denn ich sah, der Herrin trotzend,
Bunt sie durcheinander wallen.

Und sie mußte sich bequemen,
Endlich selbst herabzusteigen,
Sah sich plötzlich bang umschlossen
Mitten in dem frohen Reigen.
Doch für all den Kinderjubel
Ward das Herz zu eng und nieder,
Klingend sprangen auf die Pforten,
Sprangen auf die Augenlider.

Sieh! Da standest du, auf meine
Schläferaugen schweigsam schauend,
Vorgeneigt und unbefangen,
Auf den festen Schlaf vertrauend;

Wurdest rot und flohst vorüber,
Fast wie Schwalbenflügel summend
Und vergeblich dein Geheimnis
In der Dämmerung vermummend!

Fliehe nur, verratne Seele,
Trostlos durch des Gartens Blüten!
Suche stärkre Zauberdrachen,
Deines Busens Schatz zu hüten!
Töricht Kind! nun magst du immer
Dreifach deinen Mund verschließen,
Unerbittlich aus den Augen
Seh' ich Liebesengel grüßen!

Jan Wagner
* 1971

DER PALMENKLETTERER

(Jardin Botànico, Valencia)

wir waren nicht die ersten, nicht die letzten,
die stehenblieben, als der gärtnerjunge
hinanstieg wie ein liebender. kein wind,
die hitze stockte; nur die flinken zungen
der eidechsen, die über mauern leckten,
als er die krone faßte. und verschwand.

wir standen nicht als einzige im blaken-
den mittag, hoffend, daß er wiederkehre,
postiert wie für ein gruppenfoto, wie
erstarrt und vorm gesicht die schwarzen balken
der sonnenbrillen. auf dem weg die karre
ging vor der eigenen leere in die knie.

wir waren nicht die ersten, die am warten
verzweifelten – hoch über uns der kompaß
aus palmenblättern, seine grünen spitzen
vor einem richtungslosen blau –, die schwitzend
sich trennten, weiterwandelten. fürbaß,
zum rosenhain, dann zum kakteengarten.

Frank Wedekind
1864–1918

Unterm Apfelbaum

Lieschen kletterte flink hinauf
Bis in die höchsten Äste,
Fing in der Schürze die Äpfel auf
Ihrer Mutter zum Feste.

Ich lag unten, verliebt und faul,
Auf dem Rücken im Grase;
Mancher Apfel fiel mir ins Maul,
Mancher mir auf die Nase.

Jetzt stand Lieschen auf starkem Ast,
Schelmisch sah sie hernieder;
Ihres Leibes liebliche Last
Wiegte sich hin und wieder.

Innig umschlungen hielten sich
Splitternackt ihre Füße,
Taten sich auf und befühlten sich –
Winkten mir tausend Grüße.

Durch das Röckchen sandte der Tag
Seine goldenen Strahlen,
Was darunter geborgen lag,
Farbenprächtig zu malen.

Schimmernd rings um die weiße Haut
Wob sich die gedämpfte Helle;
Welcher Meister hat je gebaut
Prächtiger eine Kapelle.

Kindlich faltet ich da die Händ,
Forderte heiß und brünstig:
Was kein irdischer Name nennt,
Werde dem Sünder günstig.

Sieh, und am nämlichen Abend schon,
Tief in die Kissen gebettet,
Wurden der kindlichen Bitte zum Lohn
Leib und Seele gerettet.

Anna Ritter
1865–1921

Ich glaub', lieber Schatz ...

Unter den blühenden Linden –
Weißt du's noch?
Wir konnten das Ende nicht finden,
Erst küßtest du mich,
Und dann küßte ich dich –
Ich glaub', lieber Schatz, es war Sünde,
Aber süß, aber süß war es doch!

Der Vater rief durch den Garten –
Weißt du's noch?
Wir schwiegen ... der Vater kann warten!
Erst küßtest du mich,
Und dann küßte ich dich:
Ich glaub', lieber Schatz, es war Sünde,
Aber süß, aber süß war es doch.

Hans Aßmann von Abschatz
1646–1699

Der glückselige Blumen-Strauss

Amor selbst brach diese Blumen/wo Aurora sammlet ein
Ihre Näglein/ihre Rosen/die bey frühem Tages-Schein
An dem blauen Himmel gläntzen/
Und ihr schönes Haubt bekräntzen.

Schöne Blumen/Preiß der Gärten/welche Florens Hand
geziert/
Daß sie von so schönen Händen solten werden angerührt/
Wie beglückt seyd ihr für allen
Amaranthen zu gefallen?

Zwar eur Glantz wird müssen sterben in der Nimphe
schönen Hand/
Aber tausend Hertzen wünschten ihnen derogleichen Stand/
Würden willig Geist und Leben
Ihr zum treuen Opffer geben.

War nicht diß ein schöner Garten/der euch erst das
Leben gab?
Werden nicht die schönsten Finger dieser Welt euch Bahr
und Grab?
Wer will nicht/wie ihr/verderben/
Und so schönen Todes sterben!

Johannes Trojan
1837–1915

Der Rosenzweig

Von Kurt dem Träumer

Von einem blühenden Rosenstrauch
Brach heut' ich ein Zweiglein mir.
Das trug eine volle Ros' und auch
Dazu der Knospen vier.

Und als ich der Liebsten den Zweig gereicht,
Da fiel mir folgendes ein:
O diese Rose, wie sehr sie gleicht
Einer Sau mit vier Ferkelein.

Das sagt' ich der Liebsten, sie nahm es schief,
Warf mir den Zweig ins Gesicht,
Ich aber schimpfend von dannen lief
Und machte dieses Gedicht.

Alex Dreppec
* 1968

Straucheln im Buschwerk

Lass uns den Klatschmohn mit Erdrauch beehren,
lass uns die Feigwurz das Donnerkraut lehren,
den Spargel gurgeln, den Rettich retten,
uns bei der Kirschenschonung in Beeten betten,
die Tigerlilien offen tragen
und im Fokus des Krokus Wurzeln schlagen.
Sink ins Gebüsch, mangoldige Kesse,
ich zeig' Dir den Brunnen gleich bei der Kresse,
Beifuß, Liebstöckel, zur Knollenschule
wo ich um die Gunst unter Ginster buhle,
vergiss nicht, beim Bücken den Hohlzahn zu fletschen,
lass Dich bei den Wicken an den Quetschenbaum
quetschen,
im Rettichdickicht, beim Maulwurfpalast,
falls Du Bock auf den Gärtner hast.

Johann Wolfgang von Goethe
1749–1832

Gefunden

Ich ging im Walde
So für mich hin,
Und nichts zu suchen,
Das war mein Sinn.

Im Schatten sah ich
Ein Blümchen stehn,
Wie Sterne leuchtend,
Wie Äuglein schön.

Ich wollt es brechen,
Da sagt' es fein:
Soll ich zum Welken
Gebrochen sein?

Ich grub's mit allen
Den Würzlein aus,
Zum Garten trug ich's
Am hübschen Haus.

Und pflanzt' es wieder
Am stillen Ort;
Nun zweigt es immer
Und blüht so fort.

Ludwig Uhland
1787–1862

Brautgesang.

Das Haus benedei' ich und preis' es laut,
Das empfangen hat eine liebliche Braut;
Zum Garten muß es erblühen.

Aus dem Brautgemach tritt eine herrliche Sonn';
Wie Nachtigalln locket die Flöte,
Die Tische wuchern wie Beete,
Und es springet des Weines goldener Bronn.

Die Frauen erglühen
Zu Lilien und Rosen;
Wie die Lüfte, die losen,
Die durch Blumen ziehen,
Rauschet das Küssen und Kosen.

Detlev von Liliencron
1844–1909

Schöne Junitage

Mitternacht, die Gärten lauschen,
Flüsterwort und Liebeskuß,
Bis der letzte Klang verklungen,
Weil nun alles schlafen muß –
  Flußüberwärts singt eine Nachtigall.

Sonnengrüner Rosengarten,
Sonnenweiße Stromesflut,
Sonnenstiller Morgenfriede,
Der auf Baum und Beeten ruht –
  Flußüberwärts singt eine Nachtigall.

Straßentreiben, fern, verworren,
Reicher Mann und Bettelkind,
Myrtenkränze, Leichenzüge,
Tausendfältig Leben rinnt –
  Flußüberwärts singt eine Nachtigall.

Langsam graut der Abend nieder,
Milde wird die harte Welt,
Und das Herz macht seinen Frieden,
Und zum Kinde wird der Held –
  Flußüberwärts singt eine Nachtigall.

Horst Bienek
1930–1990

Gartenfest

Spät in der Nacht
wenn die Kerzen
in den Lampions abgebrannt sind
wenn die aufgehängten Gesichter
im Dunkel verschwinden
die Musiker mit dem Bus weggefahren sind
die Kellner die Tische abräumen
und die leeren Worthülsen zusammenkehren
wenn die letzten Grillfeuer erlöschen

Stürzen lautlos gefällt
im Park die Bäume
Schatten füllt die Gläser
der Zurückgebliebenen
Wir trinken daraus
Gelächter steigt in uns auf
wir gehn ein paar Schritte
wir tanzen

Verwundert schaun die Lebenden uns zu

Matthias Claudius
1740–1815

Ein Lied um Regen

Der Erste
Regen, komm herab!
  Unsre Saaten stehn und trauern,
    Und die Blumen welken.

Der Zweite
Regen, komm herab!
  Unsre Bäume stehn und trauern!
    Und das Laub verdorret.

Der Erste
Und das Vieh im Felde schmachtet
  Und brüllt auf zum Himmel.

Der Zweite
Und der Wurm im Grase schmachtet,
  Schmachtet und will sterben.

Beide
Laß doch nicht die Blumen welken!
  Nicht das Laub verdorren!
O, laß doch den Wurm nicht sterben!
  Regen, komm herab!

Helwig Brunner
* 1967

DER REGENBOGEN AUS DEM GARTENSCHLAUCH

wirklichkeiten laufen an der haut herab/
der regenbogen aus dem gartenschlauch
zersprüht/die kinder toben kreischend
übern rasen/wachsen rascher/wie gehetzt/
um dann wie wir am hahn zu drehen/kalt
hat sie der strahl getroffen

Bertolt Brecht
1898–1956

Vom Sprengen des Gartens

O Sprengen des Gartens, das Grün zu ermutigen!
Wässern der durstigen Bäume! Gib mehr als genug. Und
Vergiß nicht das Strauchwerk, auch
Das beerenlose nicht, das ermattete
Geizige! Und übersieh mir nicht
Zwischen den Blumen das Unkraut, das auch
Durst hat. Noch gieße nur
Den frischen Rasen oder den versengten nur:
Auch den nackten Boden erfrische du.

Fritz Deppert
* 1932

Unwetter im Vorgarten

Sommerdiebe haben
die Sonne gestohlen,
Gewitterpiraten
Büsche geknickt
mit Blitz-, Donner-
und Hagelgeschossen.
Sturmwirbel enterten
Rose und Lavendel und
rissen die Blüten aus.
Ich bewaffne mich
mit der Gartenschere und
schneide und steche sie aus.
Nun singt die
Fichtenspitzendrossel wieder,
im Duett klappe ich
den Liegestuhl aus und
drohe den Grauwolken
mit den Fäusten.

Ada Christen
1839–1901

Nach dem Regen

Die Vögel zwitschern, die Mücken,
  Sie tanzen im Sonnenschein,
Tiefgrüne, feuchte Reben
  Gucken ins Fenster herein.

Die Tauben girren und kosen
  Dort auf dem niederen Dach,
Im Garten jagen spielend
  Die Buben den Mädeln nach.

Es knistert in den Büschen,
  Es zieht durch die helle Luft
Das Klingen fallender Tropfen,
  Der Sommerregenduft.

Georg Heym
1887–1912

Sommernachmittag

(Berlin IV)

Das Wasser schwindet schnell auf dem Asphalt.
Warm steigt sein Dunst zum Himmel, dem verblaßten.
Aus Käsekellern quillt's, und aus den Kasten
Der Blumenläden, wie ein Traum vom Wald.

Es werfen Schatten kaum die kleinen Kronen
Der staubbezogenen Bäume auf die Fliesen.
Und allenthalben sieht man die Markisen,
Weiß, rot und braun auf schlafenden Balkonen.

Brigitte Fuchs
* 1951

Lockruf zwischen grünen Blättern

Eben noch zog sie die Gummistiefel aus
um sie zornig gegeneinander zu schlagen

Jetzt schaut sie zur Einfahrt Lavendel Kraut
und Katzenminze wirr ein ungefährer Garten
Der Flieder stützt sich auf der nassen
Holzbank ab

Er geht dem Leben nach mein Liebster . . .

Sie lacht ein neues Lachen:
Mein lieber Schwan! –
Schon fast vergnügt zieht sie die Nadeln
aus dem hochgesteckten Haar

Durchs Spalier von Farn und rotem Fingerhut
schreitet ein Entenpaar (sie ganz in Weiss)
den Weg entlang zum Teich

Karl Krolow
1915–1999

Vor dem Grasschnitt

Die Welt
ist voller Gras,
um Weibsbilder
und plötzliche Feuer
in ihm zu verstecken.

Versuche,
bei Atem zu bleiben,
der wie eine Kerze
flackert!

Die Schwüle
ist ein grünes Tier.
Mittag: – ein Bündel
abgelegter Kleider,
Zeit
der Blumenorakel.

Wer wagt es,
von der Schärfe der Sicheln
zu reden?

Ferdinand Scholz
* 1952

Die Wahrheit über den Rasenmähermann

Den Rasen mähen dann und wann
Muss auch der Rasenmähermann.

Vergnügt eilt er zum Schuppen hin,
Er freut sich auf die Mähmaschin.

Er wirft sie an, ist frohen Mutes
Dem Rasen schwant nicht sehr viel Gutes.

Der ließ sich gehn und gibt zurzeit
Den Anblick der Verkommenheit.

Doch statt in Demut und bescheiden
Die Mahd jetzt fügsam zu erleiden,

Statt ohne Murren und Ranküne
Sich zu ergeben in die Sühne,

Erwägt er in sinistrer Stimmung
Die Obstruktion der Stängeltrimmung.

Die Arbeitshandschuh überstreifend,
Entschlossen nach dem Mäher greifend,

Macht sich der Rasenmähermann
Mit vorgeschobnem Kinn daran,

Fasson zu bringen in das Kraut.
Er ist gefasst, der Motor laut.

Der Rasen filzt, es kreist die Klinge,
Sie fräst sich durch das Grasgeschlinge.

Doch jählings macht der Motor schlapp,
Es würgte Wucherwuchs ihn ab.

Der Mähmann macht den Rücken krumm
Und pult in der Maschine rum.

Dies Friemeln macht ihn schwer nervös.
Die Halme griemeln maliziös.

Als er genug gefriemelt hat,
Macht er den Rücken wieder grad.

Das Messer ist vom Mulch befreit,
Schon schnurrt der Motor mähbereit.

Energisch, wenn auch sehr vergrätzt
Wird jetzt die Mähung fortgesetzt.

Indes – ein Büschel zäher Quecken
Lässt den Motor aufs Neu verrecken.

Erneutes Pulen Friemeln Zerren
An Strünken, die das Messer sperren.

Am Boden feixt es chlorophyllen.
Im Mähermann kocht Widerwillen.

So legt er los wie ein Berserker!
Doch wehrt sich auch der Rasen stärker.

Der drückt an die rotiernde Klinge
Lehmbatzen, Splitt und spitze Dinge,

So dass, was dann nach hinten fliegt,
Die dünnbesockten Fesseln piekt.

Es registriert mit Hochgefühl
Das Grasgesocks dies üble Spiel.

Was dann passiert, ist hochdramatisch,
Und nachgerade enigmatisch:

Schier dreimal kippt der Mäher um.
Es ist schon ein Mysterium!

Und wie die Mähmaschin zum dritten
Mal kippt, ist's Stromkabel zerschnitten ...

Jetzt ist es aus. Sein Schneid zerrann.
Still schluchzt der Rasenmähermann.

Dorothee Sölle
1929–2003

Glückwunsch

Die äpfel waren reif
als du zur welt kamst
und das licht machte sie durchsichtig
wie dein schwarzes haar
die wolken liefen fröhlich und leicht
wie von pferdchen gezogen
schneller rief ich ein neuer mensch kommt
die äpfel blummsten ins gras
ich teilte sie mit den vögeln
und erzählte von dir und dem schneiderlein
bald sitzen wir unterm baum
essen lichtäpfel
die angepickten sind süßer
und die wolken laufen uns davon

Emanuel Geibel
1815–1884

Mittagszauber

Im Garten wandelt hohe Mittagszeit,
der Rasen glänzt, die Wipfel schatten breit;
von oben sieht, getaucht in Sonnenschein
und leuchtend Blau, der alte Dom herein.

Am Birnbaum sitzt mein Töchterchen im Gras;
die Märchen liest sie, die als Kind ich las;
ihr Antlitz glüht, es ziehn durch ihren Sinn
Schneewittchen, Däumling, Schlangenkönigin.

Kein Laut von außen stört; ’s ist Feiertag –
nur dann und wann vom Turm ein Glockenschlag!
Nur dann und wann der mattgedämpfte Schall
im hohen Gras von eines Apfels Fall!

Da kommt auf mich ein Dämmern wunderbar,
gleichwie im Traum verschmilzt, was ist und war:
die Seele löst sich und verliert sich weit
ins Märchenreich der eignen Kinderzeit.

Nikolaus Dominik
* 1951

Lust-Garten

Bohnen gurken
Tomaten rüben
Trauben zwiebeln
Erbsen kichern –

es reift.

Die Bienen stacheln
zum Heuschrecken
und

Früchtchen gören
überall.

Robert Gernhardt
* 1937

Viel und leicht

Von allem viel. Viel Birne, viel Zwetschge. Viel
Traube, viel Pfirsich. Viele Tomaten. Viel
Rascheln der vielen trockenen Blätter. Viel
Haschen der vielen kleinen Katzen. Viel
Duft von viel Harz der vielen Pinien. Viel
Wind in den vielen Oliven. Viel Silber. Viel
Rauschen. Viel Blau in den vielen Hügeln. Viel
Glanz. Viel Wärme. Viel Reife. Viel Glück.

Vor allem leicht. Wie leicht sich das erntet. Leicht
löst sich die Birne, die Zwetschge, der Pfirsich. Leicht
trennt das Messer vom Weinstock die Traube. Leicht
knurrend naht sich die Katze. Sie läßt sich leicht
die Beute abnehmen. Es schreibt die Rechte: Leicht
gesperbert die helle Brust des Vogels, so leicht
in der Linken. Die Flügel sehr dunkel. Darin leicht
gekurvte, gelbe Handschwingen. Ein Zeisig vielleicht.

Theodor Storm
1817–1888

August

Inserat

Die verehrlichen Jungen, welche heuer
Meine Äpfel und Birnen zu stehlen gedenken,
Ersuche ich höflichst, bei diesem Vergnügen
Wo möglich insoweit sich zu beschränken,
Daß sie daneben auf den Beeten
Mir die Wurzeln und Erbsen nicht zertreten.

Friedrich Nietzsche
1844–1900

Baum im Herbst

Was habt ihr plumpen Tölpel mich gerüttelt,
als ich in seliger Blindheit stand!
Nie hat ein Schreck grausamer mich geschüttelt,
– mein Traum, mein goldner Traum entschwand.

Nashörner ihr mit Elephanten-Rüsseln,
macht man nicht höflich erst: Klopf! Klopf?
Vor Schrecken warf ich euch die Schüsseln
goldreifer Früchte – an den Kopf.

Rainer Kirsch
* 1934

Strophe über Geduld

Eins, eins, zwei
Ein Tag geht schnell vorbei;
Doch sinds zwei, muß man schon warten:
Am besten in einem Pflaumengarten.

Theodor Fontane
1819–1898

Im Garten

Die hohen Himbeerwände
Trennten dich und mich,
Doch im Laubwerk unsre Hände
Fanden von selber sich.

Die Hecke konnt' es nicht wehren,
Wie hoch sie immer stund:
Ich reichte dir die Beeren,
Und du reichtest mir deinen Mund.

Ach, schrittest du durch den Garten
Noch einmal im raschen Gang,
Wie gerne wollt' ich warten,
Warten stundenlang.

IV.

Vom Welken und Vergehen

Schon fegt der Sturm den Sommer in die Gosse
Mascha Kaléko

Mascha Kaléko
1912–1975

Herbstlicher Vers

Nun schickt der Herr das Leuchten in die Wälder.
Grellbunte Brände lodert jedes Blatt.
Wie welkt das Herz dem wandermüden Fremden,
Der nur die Einsamkeit zur Heimat hat . . .

Schon fegt der Sturm den Sommer in die Gosse.
Im Park der Ahornbaum schreit blutigrot.
Der Regen weint die immergleichen Tropfen,
Und auf den Wiesen riecht es morsch nach Tod.

Da überfällt den Wandrer banges Schweigen
Und tiefes Weh um Schönheit, die verdirbt.
Herr, nimm mich fort aus diesem letzten Glühen
Und laß mich sterben, eh mein Sommer stirbt.

Rainer Maria Rilke
1875–1926

Rosa Hortensie

Wer nahm das Rosa an? Wer wußte auch,
daß es sich sammelte in diesen Dolden?
Wie Dinge unter Gold, die sich entgolden,
entröten sie sich sanft, wie im Gebrauch.

Daß sie für solches Rosa nichts verlangen.
Bleibt es für sie und lächelt aus der Luft?
Sind Engel da, es zärtlich zu empfangen,
wenn es vergeht, großmütig wie ein Duft?

Oder vielleicht auch geben sie es preis,
damit es nie erführe vom Verblühn.
Doch unter diesem Rosa hat ein Grün
gehorcht, das jetzt verwelkt und alles weiß.

Klabund
1890–1928

Rausche, Laub, am braunen Hang

Rausche, Laub, am braunen Hang,
Rausche deine bunten Blätter
Mir hernieder in den Gang.

Erst fiel eines wie ein Tropfen
Ferner Wetter.
Nun sinds viele, die wie Schmetter-
linge tot den Boden klopfen.

Und vom Baum sah ich ein Blatt sich falten.
Ist es eine Blüte? Farbentrunken
Ist sie schon auf mich herabgesunken,

Und die Hände
Halten
Eines Jahres Sonnenbrände.

Rot und glühend zuckte es im Teller
Meiner Hand, auf der die Blicke brannten,
Während meine wehen Sohlen schneller
Durch das tote Laub am Boden rannten.

Sylvia Geist
* 1963

Manitoba

Dein Nachbar hat seine Schindeln
weggelegt neben die ausgedienten
Nägel und die Kinder

nebenan das Lachen, das du
an schlechten Tagen verdächtigst.
Um diese Zeit lacht niemand über

die Zäune. Die Dunkelheit der Häuser
streicht die Zeile, die Trampelpfade und
das Gebell und was immer zu hören ist: dies

ist der Platz, beleuchtet nur von diesem Tag.
Dort rücken wir die Stühle aus den Hageln
des Nussbaums, die hirnschönen Kerne liegen

weiß und bitter bloß zu früh.
Wie Angehörige einer alten Religion
beugen wir uns der Augenzahl der

Blätter, schütteln unsere Deutungen ab
und noch einmal beschreibst du mir das
Wild mit der falschen Frage.

Rose Ausländer
1907–1988

Ich werde

Ich werde
die Nüsse
nicht zählen
die der Wind
verstreut

Werde nicht
hoffen
auf das
Wunder Blau

Erwarte
keine Antwort

Nichts
hat sich
geändert

Nichts
bleibt wie
es ist

Friedrich Hölderlin
1770–1843

Hälfte des Lebens.

Mit gelben Birnen hänget
Und voll mit wilden Rosen
Das Land in den See,
Ihr holden Schwäne,
Und trunken von Küssen
Tunkt ihr das Haupt
Ins heilignüchterne Wasser.

Weh mir, wo nehm' ich, wenn
Es Winter ist, die Blumen, und wo
Den Sonnenschein,
Und Schatten der Erde?
Die Mauern stehn
Sprachlos und kalt, im Winde
Klirren die Fahnen.

Ernst Moritz Arndt
1769–1860

Marienwürmchen.

Marienwürmchen, flieg weg!
Fliege nicht zu lange weg!
Ueber'n Zaun und über's Heck,
Ueber Vaters Garten weg,
In die Welt hinaus –
Vergiß nicht dein Haus,
Vergiß nicht die lieben Kinder.
Die Blumen sind hier gesünder,
Die Sonne scheint hier heller.
Drum, Würmchen, fliege schneller
Zu Haus! zu Haus! zu Haus!

Marienwürmchen, flieg weg!
Fliege nicht zu lange weg!
Weg ist lang und weht der Wind –
Achte die Flügel, liebes Kind,
Und die Füßchen klein
Auch vor Schelmerei'n:
Denn Krötentücken und Spinnen
Auf dein Verderben nur sinnen;
Doch hier dich alle lieben –
O wärst du doch geblieben
Zu Haus! zu Haus! zu Haus!

Marienwürmchen, komm wieder!
Dir rufen deine Brüder,
Brüderlein und Schwesterlein
Und die kleinen Kinderlein,
Und Großmutter auch,
Und Großvater auch –
Sie sitzen im schwarzen Rocke,
Der Küster zieht die Glocke
Und soll die Trauer läuten –
O komm zu lieben Leuten,
Zu Haus! zu Haus! zu Haus!

Gustav Falke
1853–1916

Der Citronenbaum

Weinend sitzt die alte Frau im Garten.
Wo ihr Schmerz die schwarze Erde feuchtet,
Sprießt ein Baum, in dessem dunklen Laube
Frucht bei Frucht in gelbem Golde leuchtet.

Kommt der Sohn und sieht der Mutter Thränen.
Die Citronen pflückt er, pflückt sie alle,
Schlürft den Saft mit seinen jungen Lippen,
Daß kein herber Tropfen ihm entfalle.

Spricht die Mutter: Lieber, meinen Kummer
Nahmst du von mir, mag dich Gott belohnen.
Und der Sohn drauf: Kann es Früchte geben,
Die noch süßer sind als die Citronen?

Kurt Marti
* 1921

HERBSTTAG

herbstlaub flirrt
  im nordostwind
    spätäpfel fallen
»auch ich« sagt die greisin
    »gehe bald ein
    ins große recycling
    – ça me fait rire«
früh am nachmittag schon
  nehmen schatten wieder
    vom rasen besitz
und eh es noch abend
  legt sich der wind
    unter schräger zirbelkiefer
zur ruhe

Gerhard Rühm
* 1930

DAS EINE BLATT TANZT

das eine blatt tanzt
der andere fisch tanzt
das eine blatt welkt
der eine fisch tanzt
der andere fisch welkt
das andere blatt tanzt
das andere blatt welkt
der eine fisch welkt

Rainer Maria Rilke
1875–1926

Ende des Herbstes

Ich sehe seit einer Zeit,
wie alles sich verwandelt.
Etwas steht auf und handelt
und tötet und tut Leid.

Von Mal zu Mal sind all
die Gärten nicht dieselben;
von den gilbenden zu der gelben
langsamem Verfall:
wie war der Weg mir weit.

Jetzt bin ich bei den leeren
und schaue durch alle Alleen.
Fast bis zu den fernen Meeren
kann ich den ernsten schweren
verwehrenden Himmel sehn.

Stefan George
1868–1933

Komm in den totgesagten park und schau

Komm in den totgesagten park und schau:
Der schimmer ferner lächelnder gestade ·
Der reinen wolken unverhofftes blau
Erhellt die weiher und die bunten pfade.

Dort nimm das tiefe gelb · das weiche grau
Von birken und von buchs · der wind ist lau ·
Die späten rosen welkten noch nicht ganz ·
Erlese küsse sie und flicht den kranz ·

Vergiss auch diese lezten astern nicht ·
Den purpur um die ranken wilder reben
Und auch was übrig blieb von grünem leben
Verwinde leicht im herbstlichen gesicht.

Joseph von Eichendorff
1788–1857

Herbstweh

1

So still in den Feldern allen,
Der Garten ist lange verblüht,
Man hört nur flüsternd die Blätter fallen,
Die Erde schläfert – ich bin so müd'.

2

Es schüttelt die welken Blätter der Wald,
Mich friert, ich bin schon alt,
Bald kommt der Winter und fällt der Schnee,
Bedeckt den Garten und mich und alles, alles Weh.

Silke Galla
* 1974

JOHANNISBEERSTRÄUCHER

johannisbeersträucher von früher
noch sauer das froschbecken
trockengelegt eine gießkanne
im treibhaus der kinder-
garten heute so klein um-
grabbar im erdbeerbeet ein
parkplatz gibt es noch
pflaumen auf den pflaumen-
bäumen die obstbäume tot
nur noch zwei äpfel und
zecken im gras das hühner-
gehege verwuchert keine habichte
mehr die großmutter ruft
zum kuchen

Georg Trakl
1887–1914

Verfall

Am Abend, wenn die Glocken Frieden läuten,
Folg ich der Vögel wundervollen Flügen,
Die lang geschart, gleich frommen Pilgerzügen,
Entschwinden in den herbstlich klaren Weiten.

Hinwandelnd durch den dämmervollen Garten
Träum ich nach ihren helleren Geschicken
Und fühl der Stunden Weiser kaum mehr rücken.
So folg ich über Wolken ihren Fahrten.

Da macht ein Hauch mich von Verfall erzittern.
Die Amsel klagt in den entlaubten Zweigen.
Es schwankt der rote Wein an rostigen Gittern,

Indes wie blasser Kinder Todesreigen
Um dunkle Brunnenränder, die verwittern,
Im Wind sich fröstelnd blaue Astern neigen.

Axel Sanjosé
* 1960

Saisonende

Starr und gewaschen
liegt der Garten
des Sommerhauses da.

Wo Kinder spielten,
ordnen sich nun
die Steine wieder.

Wurde das Tor
nicht noch geölt?
Der Tau gerinnt.

Gottfried Benn
1886–1956

Rauhreif

Etwas aus den nebelsatten
Lüften löste sich und wuchs
Über Nacht als weißer Schatten
Eng um Tanne, Baum und Buchs.

Und erglänzte wie das Weiche
Weiße, das aus Wolken fällt,
Und erlöste stumm in bleiche
Schönheit eine dunkle Welt.

Georg Heym
1887–1912

Die Bienen fallen in den dünnen Röcken …

Die Bienen fallen in den dünnen Röcken
Im Rauhreif tot aus den verblaßten Lüften
Die nicht mehr kehren rückwärts zu den Stöcken.

Die Blumen hängen auf den braunen Stielen
An einem Morgen plötzlich leer von Düften,
Die bald im Staub der rauhen Winde sielen.

Die langen Kähne, die das Jahr verschlafen,
Mit schlaffem Wimpel hängend in der Schwäche,
Sind eingebracht im winterlichen Hafen.

Die Menschen aber, die vergessen werden,
Hat Winter weit zerstreut in kahler Fläche
Und bläst sie flüchtig über dunkle Erden.

Gottfried Keller
1819–1890

Erster Schnee

Wie nun alles stirbt und endet
Und das letzte Rosenblatt
Müd sich an die Erde wendet,
In die warme Ruhestatt:
So auch unser Tun und Lassen,
Was uns zügellos erregt,
Unser Lieben, unser Hassen
Sei zum welken Laub gelegt!

Reiner, weißer Schnee, o schneie,
Schneie beide Gräber zu,
Daß die Seele uns gedeihe
Still und kühl in Wintersruh!
Bald kommt jene Frühlingswende,
Die allein die Liebe weckt,
Wo der Haß umsonst die Hände
Träumend aus dem Grabe streckt!

Wilhelm Busch
1832–1908

Das traurige Röslein

Ein Röslein war gar nicht munter,
Weil es im Topfe stand,
Sah immer traurig hinunter
Auf die Blumen im freien Land.
Die Blumen nicken und winken.
Wie ist es im Freien so schön
Zu tanzen und Tau zu trinken
Bei lustigem Windeswehn.
Von bunten Schmetterlingen
Umgaukelt, geschmeichelt, geküßt;
Dazwischen der Vöglein Singen
Anmutig zu hören ist.
Wir preisen dich und loben
Dich, fröhliche Sommerzeit;
Ach, Röslein am Fenster droben,
Du tust uns auch gar zu leid.
Da ist ins Land gekommen
Der Winter mit seiner Not.
In Schnee und Frost verklommen
Die Blumen sind alle tot.

Ein Mägdlein hört es stürmen,
Macht fest das Fenster zu.
Jetzt will ich dich pflegen und schirmen,
Du liebes Röslein du.

Klabund
1890–1928

Winterschlaf

Indem man sich nunmehr zum Winter wendet,
Hat es der Dichter schwer,
Der Sommer ist geendet,
Und eine Blume wächst nicht mehr.

Was soll man da besingen?
Die meisten Requisiten sind vereist.
Man muß schon in die eigene Seele dringen –
Jedoch, da haperts meist.

Man sitzt besorgt auf seinen Hintern,
Man sinnt und sitzt sich seine Hose durch, –
Da hilft das eben nichts, da muß man eben überwintern
Wie Frosch und Lurch.

Günter Kunert
* 1929

Berliner Winter – aussen

Seligkeit der Armen
scharf konturiert vom Passepartout
aus Schnee: die armseligen Lauben.

Verborgen im Wurzelwerk kränklicher Bäumchen
im Verhau entlaubter Hecken verfangen
winterschläfrige Geister der Schrebergärtner
deren plumpe geschäftige Figuren
zwischen November und März
an unbekannten Plätzen aufbewahrt werden.

Starr zusammengenagelte Buden
unter erstarrtem Gezweig und Geäst
erstarrt die graue Krume des Bodens
zu Stein
der sich dem Betrachter kapitaler Einöde
aufs Herz legt.

Conrad Ferdinand Meyer
1825–1898

Weihnacht in Ajaccio

Reife Goldorangen fallen sahn wir heute, Myrte blühte,
Eidechs glitt entlang der Mauer, die von Sonne glühte.

Uns zu Häupten neben einem morschen Laube flog ein Falter –
Keine herbe Grenze scheidet Jugend hier und Alter.

Eh das welke Blatt verweht ist, wird die Knospe neu geboren –
Eine liebliche Verwirrung, schwebt der Zug der Horen.

Sprich, was träumen deine Blicke? Fehlt ein Winter dir, ein bleicher?
Teures Weib, du bist um einen lichten Frühling reicher!

Liebst du doch die langen Sonnen und die Kraft und Glut der Farben!
Und du sehnst dich nach der Heimat, wo sie längst erstarben?

Horch! durch paradieseswarme Lüfte tönen Weihnachtsglocken!
Sprich, was träumen deine Blicke? Von den weißen Flocken?

Ron Winkler
* 1973

bei den Sumpfwiesen

von oben herab also skeptisch
blicken januarnackte
Bäume auf einen fernen Verwandten:
einen Pfahlzaun, der zwei Gärten belagert,
Jahrzehnte nach dem letzten Krieg
hier, einer Fehde um Apfelzucht
und den richtigen Einsatz von Dünger.
manchmal pausieren Vögel
auf den Staketen, deren Stacheldraht-
haube sich verlegen kratzen
möchte, aber nicht kann.

für Anne Beresford und
Michael Hamburger

Anton G. Leitner
* 1961

Schnee, Mann

Das Erleben von heute
Ist die Erinnerung

Von morgen. Morgen
Fällt Schnee. Über

Morgen schmilzt
Er. In ihren

Armen.

V.

Ausklang

Neuer Frühling gibt zurück,
Was der Winter dir genommen.
Heinrich Heine

Heinrich Heine
1797–1856

Herz, mein Herz, sei nicht beklommen

Herz, mein Herz, sei nicht beklommen,
Und ertrage dein Geschick,
Neuer Frühling gibt zurück,
Was der Winter dir genommen.

Und wie viel ist dir geblieben!
Und wie schön ist noch die Welt!
Und, mein Herz, was dir gefällt,
Alles, alles darfst du lieben!

Wieland Herzfelde
1896–1988

Vom rehbraunen Blatt

Ein rehbraunes Blatt
schwebt
durch glasblaue Luft
auf die weiße Flur

Ihm entgegen
gleitet
über den Schnee
sein Schatten

und verschwindet
im
Augenblick
der Berührung.

Wann wieder grün
der Grund
ist der Himmel
licht

und das Blatt
ist schwarz
wie sein Schatten
war –

aber noch da.

Charlotte Herzfeld
1898–1975

Das Blatt

Ich bin nur ein Blatt
Doch der Baum der mich hat
Trägt mich mit frohem Sinn
Denn er weiss, wer ich bin.
Denn hätten die Bäume nicht meinesgleichen
wären sie mitten im Frühling wie Leichen.

Ich bin nur ein Blatt,
darf nicht duften, nicht blüh'n,
doch der Baum der mich hat der ist grün!

Mascha Kaléko
1912–1975

Nennen wir es »Frühlingslied«

In das Dunkel dieser alten, kalten
Tage fällt das erste Sonnenlicht.
Und mein dummes Herz blüht auf, als wüßt es nicht:
Auch der schönste Frühling kann nicht halten,
Was der werdende April verspricht.

Da, die Amseln üben schon im Chor,
Aus der Nacht erwacht die Welt zum Leben,
Pans vergessenen Flötenton im Ohr . . .
Veilchen tun, als hätt' es nie zuvor
Laue Luft und blauen Duft gegeben.

Die Kastanien zünden feierlich
Ihre weißen Kerzen an. Der Flieder
Bringt die totgesagten Jahre wieder,
Und es ist, als reimten alle Lieder
Sich wie damals auf »Ich liebe dich«.

– Sag mir nicht, das sei nur Schall und Rauch!
Denn wer glaubt, der forscht nicht nach Beweisen.
Willig füg ich mich dem alten Brauch,
Ist der Zug der Zeit auch am Entgleisen –
Und wie einst, in diesem Frühjahr auch
Geht mein wintermüdes Herz auf Reisen.

Erich Kästner
1899–1974

Der dreizehnte Monat

Wie säh er aus, wenn er sich wünschen ließe?
Schaltmonat wär? Vielleicht Elfember hieße?
Wem zwölf genügen, dem ist nicht zu helfen.
Wie säh er aus, der dreizehnte von zwölfen?

Der Frühling müßte blühn in holden Dolden.
Jasmin und Rosen hätten Sommerfest.
Und Äpfel hingen, mürb und rot und golden,
im Herbstgeäst.

Die Tannen träten unter weißbeschneiten
Kroatenmützen aus dem Birkenhain
und kauften auf dem Markt der Jahreszeiten
Maiglöckchen ein.

Adam und Eva lägen in der Wiese.
Und liebten sich in ihrem Veilchenbett,
als ob sie niemand aus dem Paradiese
vertrieben hätt.

Das Korn wär gelb. Und blau wären die Trauben.
Wir träumten, und die Erde wär der Traum.
Dreizehnter Monat, laß uns an dich glauben!
Die Zeit hat Raum!

Verzeih, daß wir so kühn sind, dich zu schildern.
Der Schleier weht. Dein Antlitz bleibt verhüllt.
Man macht, wir wissen's, aus zwölf alten Bildern
kein neues Bild.

Drum schaff dich selbst! Aus unerhörten Tönen!
Aus Farben, die kein Regenbogen zeigt!
Plündre den Schatz des ungeschehen Schönen!
Du schweigst? Er schweigt.

Es tickt die Zeit. Das Jahr dreht sich im Kreise.
Und werden kann nur, was schon immer war.
Geduld, mein Herz. Im Kreise geht die Reise.
Und dem Dezember folgt der Januar.

Blütenlese im Garten der Poesie

Der Garten, jener geheimnisvolle Ort des Wachsens und Vergehens, zieht die Dichter seit Menschengedenken in seinen grünen Bann. Vom Keimen, Knospen, Blühen, Reifen, Ernten und Welken lassen sie sich zu poetischen Bildern inspirieren, die auch den Lebenszyklus des Menschen reflektieren.

Großen Einfluß auf die abendländische Lyrik hat das paradiesische Gartenbild der Bibel: »Dann legte Gott, der Herr, in Eden, im Osten, einen Garten an und setzte dorthin den Menschen, den er geformt hatte.« (Gen 2,8). Jenseits von Eden wächst der Wunsch, in ein Refugium sorgloser Heiterkeit zurückzukehren und sich ein Paradies auf Erden anzulegen.

Die europäische Gartenbaukunst geht in ihren Ursprüngen auf die Ägypter und Perser zurück. Sie erschufen inmitten der Wüste künstliche Oasen als Orte der Götterverehrung. Solche orientalischen Paradiese sind – ebenso wie erste klösterliche Nutzgärten und höfische Lustgärten im mittelalterlichen Europa – von hohen Mauern umgeben. Die übermächtige, nicht domestizierbare Natur bleibt ebenso ausgegrenzt wie das ›einfache Volk‹; es malt sich eine überirdische Pracht hinter den Mauern aus. Jene Abgeschlossenheit kennzeichnet sogar begrifflich den Anfang der Gartenkunst, wie die Herkunft der Worte »Paradies« und »Garten« belegt: So heißt das altpersische Wort »pai-ri-dae'za« nichts anderes als »Umzäunung, Umwallung«, während der indogermanische Wortstamm »ghordo-s« ganz ähnlich »Flechtwerk, Zaun, Hürde« bedeutet.

Der Garten ist ein Übergangsbereich zwischen geordnetem Kulturraum und ›chaotischer‹ Natur. Darin gedeihen in harmonischer Vielfalt einheimische und exotische Pflanzen, die außerhalb des Refugiums nur vereinzelt vorkommen oder gar nicht überleben könnten. Ohne die kultivierende Pflege des Gärtners würde sein Areal verwildern.

Die vorliegenden 88 Gedichte vom Barock bis zur Gegenwart blicken wehmütig auf das verlorene Paradies zurück, um dann den leuchtenden Augen des Gärtners zu folgen. Im Spiegel der vier Jahreszeiten erzählen sie kleine irdische Schöpfungsgeschichten.

Am Anfang des Kreislaufs wird aus der Winterruhe neues Leben geboren. Üppiges Knospen und Sprießen prägt Frühling und Jugend. »Die Mandeln erblühen wie kindliche Wangen« im expressionistischen Garten von Theodor Däubler, während Kurt Schwitters' Singvögel einen zwitschernden »Obervogelsang« anstimmen.

Nie ist der Gärtner seinem ›Paradies‹ so nah wie im Sommer. Bei Gottfried Keller verbindet eine »Himmelsleiter« den irdischen Garten mit ›Wolke Sieben‹. Wenn zwei sich nach Goethe »gefunden« haben, wird es Zeit für Uhlands »Brautgesang«. Aber der Sommer bringt auch

Dürre und Gewitter. Was wuchert und ins Kraut schießt, müssen Gärtner schweißtreibend in Form halten. Besonders, wenn sich Wildwuchs und technische Errungenschaften gegen den »Rasenmähermann« (von Ferdinand Scholz) verbünden, um ihm die Kontrolle über seinen Garten zu entziehen …

Doch alle Anstrengungen werden belohnt, sobald der Herbst zur Ernte ruft. »Die äpfel waren reif/als du zur welt kamst«, schreibt Dorothee Sölle in ihrem Gedicht »Glückwunsch«, das sie uns kurz vor ihrem Tod als Original übersandte. Es wird hier zum ersten Mal veröffentlicht.

Am Ende erobert der Winter den Garten. Er zwingt uns zum Rückzug in die Bedächtigkeit des Alters: »da muß man eben überwintern/Wie Frosch und Lurch.« (Klabund). Der Kreis schließt sich; aber das neue Jahr bringt neues Leben, wie Heinrich Heine weiß: »Herz, mein Herz, sei nicht beklommen,/Und ertrage dein Geschick,/Neuer Frühling gibt zurück,/Was der Winter dir genommen.«

Anton G. Leitner und Gabriele Trinckler
Weßling und München, im September 2005

Quellennachweis

Hans Aßmann von Abschatz (1646–1699)
Der glückselige Blumen-Strauß 57
In: Poetische Übersetzungen und Gedichte. Herausgegeben von Erika Alma Metzger. Bern 1970

Ernst Moritz Arndt (1769–1860)
Marienwürmchen. 93
In: Gedichte. Vollständige Sammlung. Berlin 1865

Rose Ausländer (1907–1988)
Ich werde 91
In: Und preise die kühlende Liebe der Luft. Gedichte 1983–1987.
© S. Fischer Verlag GmbH, Frankfurt am Main 1988

Gottfried Benn (1886–1956)
Rauhreif 104
In: Sämtliche Gedichte. © Klett-Cotta, Stuttgart 1998

Horst Bienek (1930–1990)
Gartenfest 63
In: Gleiwitzer Kindheit. Gedichte aus zwanzig Jahren.
© 1976 Carl Hanser Verlag, München und Wien

Bertolt Brecht (1898–1956)
Vom Sprengen des Gartens 66
In: Werke. Große kommentierte Berliner und Frankfurter Ausgabe, Band 15. © Suhrkamp Verlag Frankfurt 1993

Christian Hofmann von Hofmannswaldau (1616–1679)
An Flavien. Über einen auf ihrer brust steckenden Hyacinthen-strauß. 45
In: Deutsche Lyrik von den Anfängen bis zur Gegenwart in 10 Bänden. Gedichte 1700–1770. Herausgegeben von Jürgen Stenzel. München 2001

Hugo von Hofmannsthal (1874–1929)
Mein Garten 10
In: Gesammelte Werke in Einzelausgaben. Gedichte und lyrische Dramen. Frankfurt am Main 1970

Erna Holleis (* 1970)
Ich hatte 43
In: »Das Gedicht«. Zeitschrift für Lyrik, Essay und Kritik, Nr. 13. Herausgegeben von Anton G. Leitner. Weßling 2005.

Arno Holz (1863–1929)
Hinter hohen Mauern 18
In: Phantasus. Verkleinerter Faksimiledruck der Erstfassung. Herausgegeben von Gerhard Schulz. Stuttgart 1968
Mählich durchbrechende Sonne 33
In: Werke, Band 1. Neuwied am Rhein, Berlin-Spandau 1961

Peter Huchel (1903–1981)
Der glückliche Garten 19
In: Die Gedichte. Frankfurt am Main 1984. © Roger Melis, Berlin

Ernst Jandl (1925–2000)
von bank in belvedere 40
In: Ernst Jandl. poetische Werke. Herausgegeben von Klaus Siblewski. © 1997 by Luchterhand Literaturverlag, München, einem Unternehmen der Verlagsgruppe Random House GmbH

Jostein Gaarder im dtv

»Geboren zu werden bedeutet, daß wir die ganze Welt geschenkt bekommen.«
Jostein Gaarder

Das Kartengeheimnis
dtv 3-423-**12500**-4
Die Geschichte einer dreifachen Reise: einer wirklichen nach Griechenland, einer phantastischen auf eine magische Insel und einer gedanklichen in die Philosophie.

Sofies Welt
Roman über die Geschichte der Philosophie
dtv 3-423-**12555**-1
Mysteriöse Briefe mit Fragen wie: »Wer bist du?« oder »Woher kommst du?« landen in Sofies Briefkasten … Die Geschichte der Philosophie als Krimi. Der Roman, mit dem Gaarder Weltruhm erlangte.

Das Leben ist kurz
Vita brevis
dtv 3-423-**12711**-2
Die Geschichte einer unmöglichen Liebe: zwischen Floria und dem berühmten Kirchenvater Augustinus.

Der seltene Vogel
Erzählungen
dtv 3-423-**12876**-3
Zehn Geschichten auf der Grenze zwischen Realität und Traum.

Durch einen Spiegel, in einem dunklen Wort
dtv 3-423-**12917**-4
Ein unendlicher Kosmos tut sich der kranken Cecilie auf, als der Engel Ariel an Weihnachten mit ihr über die Wunder der Schöpfung spricht.

Maya oder Das Wunder des Lebens
Roman · dtv 3-423-**13002**-4
Meeresbiologe Frank Andersen trifft auf eine Frau, die Goyas »Maya« zum Verwechseln ähnlich sieht. Eine Laune der Natur? Oder ist es möglich, daß nicht nur eine Wirklichkeit, nicht nur eine Zeit, nicht nur ein Universum existieren?